Die furchtbar hartnäckigen
Gapper von Frip

DIE FURCHTBAR HARTNÄCKIGEN GAPPER von FRIP

George Saunders
Illustriert von Lane Smith
Deutsch von Frank Heibert

Die Originalausgabe erschien 2000 unter dem Titel
The Very Persistent Gappers of Frip
bei Villard Books, a division of Random House, Inc., New York

Copyright © 2000, George Saunders (Text)
Copyright © 2000, Lane Smith (Illustrationen)

Für die deutsche Ausgabe
© 2004, Berlin Verlag GmbH, Berlin /
Bloomsbury Kinderbücher & Jugendbücher

Alle Rechte vorbehalten
Gesetzt aus der *Requiem* von Ilka Linz, Berlin
Druck und Bindung: Memminger Mediencentrum AG
Printed in Germany 2005
ISBN 3-8270-5154-1

Innengestaltung: Molly Leach
Covergestaltung: William Webb

für Alena und Caitlin
— GS

für Toddy
— LS

So müsst ihr euch einen Gapper vorstellen, nur größer, ungefähr wie ein Tennisball, und leuchtend orange, mit ganz vielen Augen, wie die Augen in einer Kartoffel. Gapper lieben Ziegen. Wenn ein Gapper in die Nähe einer Ziege kommt, stößt er einen endlos langen, schrillen Freudenschrei aus, sodass die Ziege unmöglich schlafen kann, und dann wird sie ganz dünn und gibt keine Milch mehr. Aber in einer Stadt, die davon lebt, Ziegenmilch zu verkaufen, ist ohne Ziegenmilch auch kein Geld mehr da, und ohne Geld gibt es auch kein Essen, keine Kleider und kein Dach überm Kopf. Deshalb muss man in gapperverseuchten Städten, weil schließlich niemand gerne nackt im Freien verhungern will, um jeden Preis die Gapper von den Ziegen fern halten.

So eine Stadt war Frip.

Frip, das waren drei windschiefe Hütten am Meer. Frip, das waren drei winzige Ziegenkoppeln, und acht Mal am Tag trotteten die Kinder aus dem Haus auf die Koppel, mit Gapperbürsten und Gappersäcken aus Stoff, die man oben zubinden konnte. Wenn sie alle Gapper von den Ziegen abgebürstet hatten, liefen die Kinder zu einer Klippe am Stadtrand und leerten ihre Gappersäcke ins Meer.
Die Gapper sanken auf den Grund und fingen sofort an, Zentimeter um Zentimeter über den Meeresboden zu krabbeln, und drei Stunden später waren sie wieder in Frip. Sie teilten sich in drei Gruppen auf, eine für jedes Haus, wo dieselben erschöpften und verzweifelten Kinder sie bald wieder von den Ziegen abbürsteten.
Danach stolperten die Kinder ins Haus und fielen in ihre kleinen Betten, um wenigstens ein paar Stunden Schlaf zu kriegen. Wenn sie überhaupt träumten, dann von Gappern, die sie in Säcke stopften und ins Meer warfen.

In dem Haus, das dem Meer am nächsten stand, wohnte ein Mädchen namens Serena.

Dieses Jahr war ihre Mutter gestorben. Seitdem hatte ihr Vater immer besonderen Wert darauf gelegt, dass alles blieb, wie es war. Beim Sonnenuntergang fand ihn Serena oft vor dem Haus, wie er der Sonne befahl, am Himmel zu bleiben, und sich dann traurig ins Blumenbeet setzte, wenn die Sonne ihm nicht gehorchte und trotzdem unterging.

Das allerletzte Essen, was ihre Mutter gekocht hatte, war Reis gewesen, und jetzt bestand Serenas Vater darauf, nur noch weiße Sachen zu essen. Serena musste also nicht nur acht Mal am Tag Gapper abbürsten und ihren Gappersack ordentlich in Schuss halten, sie musste auch Zucker, Milch und Klippenkreide zu einer speziellen weißen Farbe mischen und über alles schmieren, was sie abends kochte.

Das war kein leichtes Leben, und es machte sie müde. „Vater", sagte sie eines Tages, „vielleicht wird es Zeit, dass wir umziehen. Weg vom Meer. Weg von den Gappern."

„Meine Kleine, du erstaunst mich", sagte er. „Hier sind wir zu Hause. Es hat immer Gapper gegeben, genau wie erschöpfte Kinder, die sie abgebürstet haben. Ich war selber mal ein erschöpftes Kind, das Gapper abbürsten musste. Das war toll! Die schönsten Jahre meines Lebens. Wie sie aus unseren Säcken ins Meer fielen! Außerdem, was würdest du mit deiner Zeit anfangen, wenn es keine Gapper mehr gäbe?"

„Schlafen", sagte Serena, deren Augen tiefe, dunkle Tümpel waren.

„Ha, ha, schlafen, klar", sagte ihr Vater traurig und ging sein Nickerchen machen.

Gapper sind nun nicht gerade schlau, aber sie sind auch nicht alle gleich dumm. Eines Tages, am Meeresboden, fing einer der weniger dummen Gapper, der auf einer Seite seines Schädels eine Beule hatte, nämlich sein ziemlich überdurch-

schnittliches Gehirn, das irgendwie herausguckte, an zu rechnen und stellte fest, dass von den drei Häusern in Frip das rötliche Serenas Haus ungefähr fünf Meter näher am Meer stand als das Nachbarhaus. Wenn du so groß bist wie ein Tennisball und keine Beine hast und dich fortbewegst, indem du deinen äußerst empfindlichen Bauch zusammen- und wieder auseinanderkrumpelst, ist das eine nützliche Information.

An diesem Abend rückten die Gapper, statt sich

in drei Gruppen aufzuteilen, in einer sehr
großen, beeindruckenden, kreischenden Meute
direkt bis auf Serenas Koppel vor.
Im Meer bei Frip lebten etwa fünfzehnhundert

Gapper. Jede der Familien von Frip hatte ungefähr zehn Ziegen. Das heißt, normalerweise kamen auf eine Koppel etwa fünfhundert Gapper, das macht fünfzig Gapper pro Ziege. Heute Abend jedoch, wo alle fünfzehnhundert Gapper auf Serenas Koppel saßen, kamen etwa einhundertfünfzig Gapper auf eine Ziege. Eine durchschnittliche Ziege kann ungefähr sechzig Gapper tragen, bevor sie in den Knien einknickt und mit beleidigtem Gesichtsausdruck auf die Seite kippt, und als Serena an diesem Abend nach draußen kam, um Gapper abzubürsten, fand sie jede einzelne ihrer Ziegen mit beleidigtem Gesichtsausdruck auf der Seite und über und über mit kreischenden orangefarbenen Gappern bedeckt. Als die anderen Kinder von Frip nach draußen kamen, um Gapper abzubürsten, stellten sie fest, dass sie keine Gapper hatten. Also kehrten sie wieder ins Haus zurück und gingen schlafen.

✹ ✹ ✹

Im Haus nebenan wohnte Frau Bea Romo, eine Sängerin, deren zwei Söhne auch Sänger waren. Sie sangen so stolz und wütend, als würden sie jemanden anbrüllen, allesamt knallrot im Gesicht.

„Ein Wunder ist geschehen!", schrie Frau Romo am nächsten Morgen, als sie nach draußen ging und entdeckte, dass sie keine Gapper auf der Koppel hatte. „Das ist wunderbar! Serena, du liebes, armes Ding. Bei dir ist das Wunder wohl nicht geschehen, wie? Das tut mir ja so Leid für dich. Gott hat es gut mit uns gemeint und uns von unseren Gappern befreit. Warum? Ich kann's nicht sagen. Nur Gott weiß, was Gott tut. Nehme ich an! Ich schätze, irgendwie werden wir es wohl verdient haben! Jungs! Jungs! Kommt nach draußen und schaut mal!"

Und ihre Jungen, Robert und Gilbert, kamen nach draußen und schauten.

„Was?", sagte Robert, der nur wenig schlauer war als ein Gapper.

„Ich kapier's nicht", sagte Gilbert, der haargenau so schlau war wie ein Gapper.

„Keine Gapper, Jungs!", sagte Bea. „Seht ihr? Schluss mit dem Gapperbürsten!"

„Was willst du damit sagen, Ma?", sagte Robert. „Etwa dass wir keine Gapper abbürsten müssen, solange keine da sind?"

„Willst du das damit sagen, Ma?", sagte Gilbert.

„Ein Glück, Jungs, dass ihr so hervorragende Sänger seid", sagte Bea Romo und verdrehte ihre Augen in Richtung Serena. „Denn einen Preis für Köpfchen werdet ihr bestimmt nicht gewinnen."

„Also, ich will auch gar keinen Preis für Köpfchen", sagte Robert.

„Ich auch", sagte Gilbert. „Ich will auch keinen Preis für Köpfchen."

„Es sei denn, da gibt's Geld dazu", sagte Robert.

„Gibt's da Geld dazu?", sagte Gilbert. „In dem Fall nehme ich ihn vielleicht."

„Geld oder Süßigkeiten", sagte Gilbert. „Oder einen Pokal."

„Oder eine Medaille", sagte Robert.

„Es sei denn, sie stecken einem die Medaille direkt ans Köpfchen", sagte Gilbert. „In dem Fall, nee, dann will ich ihn lieber nicht."

„Ich auch", sagte Robert. „Wenn die vorhaben, mir deshalb eine Nadel ins Köpfchen zu stecken, vergiss es."

„Jungs, hört auf zu reden", sagte Bea Romo. „Hört jetzt auf zu reden, geht wieder rein und singt."

„Okay", sagte Robert. „Aber keine Preise für Köpfchen."

„Und zwar ein für alle Mal", sagte Gilbert.

Und die Romo-Jungs gingen wieder rein und
sangen noch ein paar wütende Tonleitern,

worauf sie sich darüber stritten, wer von ihnen
besser sänge, worauf sie eine Prügelei darüber

anfingen, wer von ihnen besser sänge, und dann
hörte man irgendwas Hölzernes zerbrechen,
vielleicht eine Klavierbank.

✺ ✺ ✺

Später am selben Tag ging Serena nach draußen, um Gapper abzubürsten, und hörte Frau Romo, die gerade eine Gruppe starker Männer aus Fritch, dem nächstgelegenen Städtchen, mit einem beherzten „Hooolt auf!" antrieb. Die Männer stemmten sich mit den Schultern gegen das kleine grüne Häuschen der Romos, das schon ganz schief stand, Serena konnte die dunkle Erde und ein paar Würmer darunter sehen, außerdem ein Paar alte Schuhe.

„Hallo, meine Liebe!", sagte Frau Romo. „Ich hoffe, es macht dir nichts aus – ich will mein Haus so weit wie möglich von eurem weg haben! Nach unserem letzten Gespräch fiel mir ein, dass meine Koppel und eure Koppel nur durch einen Maschendrahtzaun voneinander getrennt sind, sonst nichts. Da könnten sich die Gapper ja mit Leichtigkeit durchzwängen! Und was ich im Augenblick nun gar nicht gebrauchen kann, ist eine Koppel voller Gapper! Ich nehme an, dich stören sie gar nicht mehr, du hast dich wahrscheinlich schon an sie gewöhnt, wahrscheinlich hast du sogar irgendwie Spaß an ihnen, aber meine Jungs sind aus weicherem Holz geschnitzt und dürfen nicht von ihrer Gesangskarriere abgelenkt werden! An die Grundstücksgrenze, Männer! Anheben, das schafft ihr schon!"

Und den Männern gelang es tatsächlich, das Haus anzuheben und ganz, ganz nah an das dritte und letzte Haus von Frip heranzurücken, das Sid und Carol Ronsen gehörte. Die standen

auf ihrer Koppel und schauten völlig entgeistert, mit fast demselben Stirnrunzeln auf den Gesichtern, aus der Wäsche.

„Also pass mal auf!", sagte Sid Ronsen.

„Also pass mal auf!", sagte Carol Ronsen. „Was machst du da, Bea?"

„Was um alles in der Welt machst du da, Bea?", sagte Sid. „Gute Güte! Muss dein Haus so nah an die Grenze? Du bedrängst unser Häuschen. Siehst du das? Unser Häuschen ist das blaue hier, genau das, das dein Haus jetzt fast berührt, Bea."

Und so war es auch. Die beiden Häuser standen jetzt ganz, ganz nah beieinander. Da konnte man mit Leichtigkeit von Dach zu Dach hüpfen. Was die Romo-Jungen gerade taten. Sie hüpften von Dach zu Dach und sangen mit ihren wütenden Stimmen, während die Töchter der Ronsens, Beverly und Gloria, ihre Hälse aus den Fenstern streckten und sich die Finger in die Ohren steckten.

„Ich bin immer noch auf meinem Grund und Boden", sagte Frau Romo.

„Gute Güte!", sagte Sid.

„Gute Güte!", sagte Carol. „Jetzt könntest du uns ja direkt reingucken. Du könntest uns direkt reingucken, wenn wir nackt in unserem eigenen Badezimmer stehen."

„Keine Sorge, das mach ich nicht!", sagte Frau Romo. „Aber ihr werdet uns wahrscheinlich ab und zu singen hören!"

„Haben wir ein Glück", sagte Sid Ronsen.

Und er engagierte auf der Stelle dieselben fünf Männer, um sein Haus ebenfalls ans äußerste Ende seines Grundstücks zu versetzen.

Jetzt war der Abstand zwischen seinem Haus und dem Haus der Romos exakt derselbe wie am Morgen. Es war, als wäre die Welt gekippt und hätte die Häuser der Romos und der Ronsens ins Rutschen gebracht, und nur Serenas Haus wäre an Ort und Stelle geblieben.

※ ※ ※

IN DEN NÄCHSTEN WOCHEN VERSUCHTE
Serena einfach alles, was ihr einfiel, um die
Gapper loszuwerden.

Sie versuchte, die Ziegen unter Decken zu verstecken,

sie auf Tische zu stellen,

Zäune um sie herum zu bauen

oder ihnen das Fell zu scheren, aber nichts funktionierte.

Sie brachte die Ziegen ins Haus, aber die Gapper quetschten sich einfach unter der Tür durch und rollten in die Schüssel mit weißer Farbe und hinterließen überall auf dem Fußboden weiße Streifen, während sie die sorgenvoll dreinschauenden Ziegen durch die Küche jagten.

Schließlich gaben Serenas Ziegen überhaupt keine Milch mehr, also hatte sie weder Milch noch Käse und auch kein Geld vom Verkauf von Milch und Käse, also blieb Serena und ihrem Vater nur noch übrig, Löwenzahn zu essen, den sie aber erst weiß anmalen musste.

„Vater", sagte sie eines Nachts, „ich schaffe es nicht mehr. Unsere Ziegen sterben. Wir müssen die Nachbarn um Hilfe bitten."

„Haben wir das jemals getan?", fragte er.

„Wir haben noch nie Hilfe gebraucht", sagte Serena.

„Also, ich bin dagegen", sagte er. „Wenn wir es noch nie getan haben, ist ja klar, dass dies das erste Mal wäre, wo wir es tun müssten, und das heißt, in Bezug auf das, was wir bislang getan haben, wäre dies eine Abweichung, wogegen ich sehr bin, so wie ich immer dagegen gewesen bin, wie du sehr wohl weißt. Darin bin ich immer sehr, sehr konsequent gewesen."

Dann schlief er ein, und Serena ging hinaus auf die Koppel. Zwanzig Mal füllte sie ihren Sack

mit Gappern und ging zur Klippe. Beim
Bürsten und Einsacken dachte sie an ihre
Mutter, und während sie an ihre Mutter
dachte, war ihr, als hörte sie ihre Stimme
sagen: „Liebes, wenn du Hilfe brauchst, bitte
um Hilfe, du bist doch nicht allein auf der
Welt, du süße kleine Gans."

Also ging sie hinein und schrieb den Romos
und den Ronsens ein Briefchen.

Liebe Freunde, schrieb sie, *wir brauchen Eure Hilfe.
Die Gapper wachsen mir über den Kopf. Sie bringen
unsere Ziegen um. Bitte helft uns, ich bitte Euch.
Eure Freundin Serena.*

Dann brachte sie ein Briefchen zu den
Romos und eins zu den Ronsens und ging
glücklich schlafen, mit dem Gefühl, dass morgen alles besser werden würde.

✺ ✺ ✺

„Gute Güte!", sagte Sid Ronsen am nächsten Morgen, als er an seinem Zaun stand und das Briefchen las. „Was soll das bedeuten? Was denkt die denn? Sind das etwa unsere Gapper? Sind das etwa unsere Ziegen?"

„Gute Güte!", sagte Carol Ronsen. „Das sind sie ganz sicher nicht. Das sind ihre Ziegen und ihre Gapper, was man schon an der Tatsache erkennt, dass sie auf ihrer Koppel sind. Ist das etwa unsere Koppel? Ja wohl kaum."

„Ich finde, unsere Koppel ist unsere Koppel", sagte Bea Romo.

„Ganz recht!", sagte Sid Ronsen. „Gut formuliert, Bea."

„Ich für meinen Teil", sagte Carol Ronsen und vergaß wieder, was sie hatte sagen wollen. Sie stieß Sid in die Seite, der fast immer wusste, was sie gerade hatte sagen wollen.

„Ich für meinen Teil", sagte er und stieß sie in

die Seite, ganz gewohnheitsmäßig, „habe nicht vor, mir untätig mit anzusehen, wie meine armen Töchter Beverly und Gloria, die erst seit kurzem wieder gapperfrei haben, von unserer Koppel auf ihre Koppel spazieren, um ihr zu helfen. Was wäre ich da für ein Vater! Wie würde das denn aussehen! Als wollte ich sagen: Mädels, ich halte nicht viel von euch, ich finde, ihr solltet schuften wie die Hunde, um ein Problem zu lösen, das nicht mal unseres ist. Lächerlich! Ich weigere mich, das zu sagen! Es tut mir sehr Leid, dass Serena so ein Pech hat, aber wenn ich es recht bedenke, glaube ich gar nicht an Glück oder Pech. Weißt du, woran ich glaube?"

„Du glaubst nicht an Glück oder Pech", sagte Carol Ronsen, ganz begeistert, dass das, was sie hatte sagen wollen, sich als so lang und starrsinnig entpuppte.

„Ich glaube daran, dass man sein Glück auf dieser Welt selbst macht", sagte Sid Ronsen. „Ich glaube daran, dass, wenn meine Koppel plötzlich keine Gapper mehr hat, na ja, dass es an etwas Gutem liegt, das ich getan habe. Denn, wie beide hier anwesenden Damen bestätigen können, ich habe immer hart gearbeitet."

„Genau wie ich", sagte Bea Romo. „Ich habe auch immer hart gearbeitet, genau wie meine Jungs, und siehe da: Keine Gapper, genau wie bei euch. Ich denke, man könnte sagen, dass auch wir unser Glück selbst gemacht haben. Durch unsere harte Arbeit."

„Arbeit, Arbeit, Arbeit", sagte Carol Ronsen.

„Vielleicht sollte ich eine Antwort aufsetzen", sagte Sid Ronsen.

„Das wäre super", sagte Bea Romo.

Also setzte Sid Ronsen die folgende Antwort auf:

Liebe Serena, schrieb er, *wir haben Deinen Brief von neulich erhalten, von dem Tag, wann immer das war, als Du uns den Brief geschickt hast, den Du uns geschickt hast. Leider müssen wir Dir sagen, obwohl wir Deine beträchtlichen Schwierigkeiten voller Mitgefühl beobachten, findest Du nicht auch, Du solltest besser die Verantwortung für Dein Leben selbst in die Hand nehmen? Wir haben ganz stark das Gefühl, dass Du, sobald Du einmal Deine Ziegen von den Gappern befreit hast, so wie wir es getan haben, vor Dir selbst viel besser dastehen wirst, und vor uns wirst Du auch viel besser dastehen. Wir wollen gar nicht sagen, dass wir etwas Besseres wären als Du, nicht unbedingt, nur ist es so, Gapper sind nun mal etwas Schlechtes, und Du bist jetzt die Allereinzigste, die welche hat, da ist es doch wohl klar, dass Du vielleicht nicht ganz so gut bist wie wir. Denk nicht, wir würden Dich hassen! Das tun wir nicht. Irgendwie mögen wir Dich sogar. Versuch doch einfach bloß, diese Gapper loszuwerden! Zeig, dass Du es schaffen kannst, genau wie wir es geschafft haben, und dann und nur dann – kannst Du uns gerne besuchen. Das wird bestimmt lustig, wenn wir alle um den Kamin herumstehen und über die schlimme alte Zeit lachen, als wir alle noch Gapper hatten.*

Alles Liebe, Deine Nachbarn

Sid schlich zu Serenas Briefkasten und steckte den Brief hinein.

✺ ✺ ✺

An diesem Nachmittag beendete Frau Romo ihre übliche Anbrüllstunde, bei der sie jeden Nachmittag ihre Jungs anbrüllte, weil sie ihre Nachmittagstonleitern nicht geübt hatten, und trat dann hinaus auf das, was sie ihre Veranda nannte, nämlich einen kleinen Platz aus festgetretener Erde, wo die Katze immer ihr zerkautes, spuckebeschmiertes Spielzeug herumliegen ließ.

Da kam Serena vorbei. Sie sah wütend aus und führte ihre Ziegen an einer Leine.

Bei Serena war ihr Vater, der vor sich hin brabbelte und den Kopf schüttelte.

„Hallo, meine Liebe", sagte Frau Romo. „Wie goldig, dass du all deine Ziegen zusammengebunden hast. Das sieht so süß aus. Warum hast du das gemacht? Einfach so, aus Spaß? Oder machst du mit ihnen einen kleinen Ausflug durch die Stadt?"

„Nein", sagte Serena. „Ich gebe auf."

„Warum sagst du das so brummelig?", sagte Bea Romo. „Und was soll das heißen, du gibst auf?"

„Ich bringe sie nach Fritch, um sie zu verkaufen", sagte Serena. „Hier ist es alles zu schwierig, und keiner hilft uns."

„Meinst du mich?", sagte Bea Romo.

„Ich hoffe, du meinst nicht uns", sagte Sid Ronsen und lehnte sich aus dem Fenster, Rasierschaum im Gesicht.

„Hast du unseren Brief nicht bekommen?", sagte Bea Romo.

„Hast du meinen Brief nicht bekommen?", sagte Sid Ronsen.

„Ich muss sagen, das ist schon eine merkwürdige Idee", sagte Carol Ronsen. „Ich muss sagen, es macht mich irgendwie wütend. Dass du von uns erwartest, deine Arbeit zu tun. Ich meine, deckst du etwa meine Rosen ab? Polierst du meine antiken Möbel?"

„Zwingst du meine Jungs, ihre Tonleitern zu singen?", sagte Bea Romo.

„Schneidest du mir die Nasenhaare?", sagte Sid Ronsen.

„Und was hast du dann vor?", sagte Carol Ronsen. „Nachdem du deine Ziegen verkauft hast?"

„Angeln", sagte Serena.

„Gute Güte!", sagte Sid Ronsen.

Das war ein Schock. In Frip wurde nicht geangelt. Damit hatte man vor langem aufgehört, als Sid Ronsens Urgroßvater die erste Ziege der Stadt gekauft hatte. Sids Urgroßvater war der reichste Mann der Stadt gewesen, und kaum hatte er eine Ziege, wollten alle eine Ziege, das Angeln kam aus der Mode, und mittlerweile betrachtete man Angeln als etwas, das man nur tat, wenn man nicht schlau genug war, sich eine Ziege anzuschaffen.

„Was denn angeln?", sagte Bea Romo. „Doch nicht Fische? Mit einem Haken? Einem Haken und was als Köder? Köder an einem Haken, den du ins Meer wirfst?"

„Wenn man bedenkt, wie weit es gekommen ist", sagte Serenas Vater. „Wenn man bedenkt, dass meine Tochter demnächst angeln will, was sie ja noch nie zuvor getan hat."

„Sie müssen ja untröstlich sein", sagte Sid Ronsen.

„Ich habe die ganze Nacht deswegen geweint", sagte Serenas Vater. „Deshalb ist ja auch mein Schnurrbart so nass und meine Nase so rot, was absolut noch nie dagewesen ist, muss ich sagen." „Ich habe getan, was ich konnte", sagte Serena. „Aber schaut euch doch die Ziegen an."

Alle schauten sich die Ziegen an, die klapperdürr und zitterig waren und andauernd nervöse Blicke Richtung Meer warfen.

„Wollt ihr einen Rat?", sagte Sid Ronsen.

„Ihr solltet härter arbeiten. Nein, anders, nicht härter, sondern klüger solltet ihr arbeiten. So wirkungsvoll, wie es euch noch nie gelungen ist. Genauer gesagt, noch wirkungsvoller, als körperlich möglich ist. Das würde ich tun, ich weiß es."

„Das würde ich auch tun", sagte Bea Romo.

„Ich auch", sagte Carol Ronsen.

„Da würde ich doch nicht anfangen zu angeln, also wirklich", sagte Sid Ronsen.

Aber Serena wusste, sie hatte getan, was sie konnte, und das hatte nicht ausgereicht. Ihr fiel ein, dass ihre Mutter einmal gesagt hatte: Nur weil eine Menge Leute immer wieder lautstark dasselbe sagen, haben sie noch lange nicht Recht.

Also küsste sie ihren Vater auf die Wange und brachte ihre Ziegen aus Frip fort. Einige Stunden später war sie mit einer Angel und ein paar Haken und einem großen dicken Buch namens *Wie man Fische fischt* wieder zurück.

✹ ✹ ✹

Könnt ihr euch noch an den etwas weniger dummen Gapper erinnern, dessen Gehirn irgendwie seitlich aus dem Kopf herausguckte?

Am selben Abend stellte er fest, dass das rötliche Häuschen in Frip, das sie so lieb gewonnen hatten, mittlerweile vollkommen ziegenlos war. Er stellte dies fest, indem er seine Mannschaft von fünfzehnhundert Gappern systematisch und blindlings etwa sechs Stunden lang über Serenas Koppel führte. Sobald er die totale Abwesenheit von Ziegen zweifelsfrei festgestellt hatte, führte er seine Mannschaft auf die Koppel der Romos, wo er zehn fette, selbstgefällige Ziegen vorfand, die schon bald beleidigt auf der Seite lagen, übersät mit leuchtend orangefarbenen Gappern, die ihr übliches schrilles Freudengekreisch ausstießen, was Bea Romo aus einem süßen Traum riss, in dem sie mit einem gut aussehenden Mann verlobt war, der sie wahnsinnig gern singen hörte. Sie sang und sang, bis sich ihr Verlobter plötzlich in einen Staubsauger verwandelte und, offenbar als Antwort auf ihren hervorragenden Gesang, ein schrilles, freudiges Kreischgeräusch von sich gab. Das Gekreisch

war jedoch lauter als ihr Gesang, sodass Bea
Romo auf den kleinen Schalter am Fuß ihres
Verlobten trat, um sein Gekreisch abzustellen,
damit er sie besser singen hören konnte. Als das
nicht funktionierte, wachte sie mit wütendem
Gesichtsausdruck auf und beschloss, nie mehr
mit einem Staubsauger auszugehen, schon gar

nicht mit einem, der ihren Gesang nicht richtig zu schätzen wusste. Dann wurde ihr mit einiger Bestürzung klar, dass das schrille, freudige Kreischgeräusch immer noch nicht aufgehört hatte, obwohl sie doch ihrem Verlobten sehr beherzt auf den Fuß getreten war. Stellt euch ihre Überraschung vor, als sie ans Fenster trat und ihre Ziegen alle auf der Seite liegen sah, beleidigt und übersät mit Gappern.

Bea Romo stieß ihrerseits ein schrilles Kreischgeräusch aus, das allerdings kein bisschen freudig war.

„Gute Güte!", sagte Sid Ronsen in seinem Bett. „Ist das Bea? Kreischt Bea so? Kreischt sie oder singt sie?"

„Das lässt sich immer schwer sagen", sagte Carol Ronsen.

Sie liefen ans Fenster und sahen die Söhne der Romos, Robert und Gilbert, die panisch Gapper abbürsteten, wie in den guten alten Zeiten.

„Robert! Gilbert! Also passt mal auf, Jungs! Wie ist das denn passiert?"

Aber Robert und Gilbert waren zu nassgeschwitzt und außer Atem, um zu antworten.

„Oh, Sid", sagte Carol Ronsen. „Schau mal nach unseren Ziegen. Geht es unseren Ziegen gut?"

„Ich bin glücklich, sagen zu können, dass es unseren Ziegen allem Anschein nach gut geht", verkündete Sid. „Sie stehen, um es genau zu sagen, am Zaun und sehen Robert und Gilbert zu. Irgendwie lächelnd. Können Ziegen lächeln? Unsere Ziegen scheinen zu lächeln."

„Aber ohne Gapper?", sagte Carol Ronsen.

„Ohne Gapper", sagte Sid Ronsen.

„Gott sei Dank", sagte Carol Ronsen. „Haben wir ein Glück."

„Ich möchte gern beten", sagte Sid Ronsen. „Ich möchte gern Gott dafür danken, dass er uns so erschaffen hat, wie er uns erschaffen hat, weil uns das die Gapper erspart."

„Das sollten wir tun", sagte Carol Ronsen. „Wir sollten beten."

Und die Ronsens beteten und dankten Gott dafür, dass er sie so erschaffen hatte, nämlich als die Sorte Leute, die keine Gapper hatten, und sie beteten, er möge Bea vergeben, dass sie nicht zu dieser Sorte Leute gehörte, und gnädig mit ihr sein und in seiner unendlichen Barmherzigkeit Bea zu einem besseren Menschen machen und all ihre Gapper von ihr nehmen.

❋ ❋ ❋

IN DER ZWISCHENZEIT BRACHTE SICH
Serena das Angeln bei. Den ganzen Tag stand sie
in einem tristen grünen Overall am Strand.
Manchmal übte sie, wie man die Angelschnur im
Baum verhakt, manchmal übte sie, wie man sich
einen Wurm von der Stirn pult, und war dankbar,
dass sie sich den Haken nicht in die Augenbraue
gerammt hatte, und manchmal übte sie, wie man
enttäuscht und den Tränen nah im Sand sitzt.

Einmal, als sie sich gerade umgeworfen hatte,

weil sie ihren eigenen Schuh einholen wollte,
der sich unglücklicherweise aber noch an ihrem
Fuß befand, sah sie auf und bemerkte Beverly
und Gloria Ronsen, die mit ganz hochgezogenen
Brauen auf sie herunterschauten.

„Sei froh, dass wir keine Jungs sind", sagte Beverly.

„Jungs würden das nicht mögen, was du gerade gemacht hast", sagte Gloria. „Jungs mögen keine Mädchen, die im Overall rumlaufen und sich mit ihrem eigenen Angeldingsbums umwerfen."

„Jungs mögen Mädchen, die hübsche Kleider tragen und die, wenn sie schon unbedingt umfallen müssen, es nur tun, nachdem sie ein Junge geschubst hat, der nur Spaß machen wollte, der sie nur umgeworfen hat, um ihnen zu zeigen, wie sehr er sie mag", sagte Beverly. „Diese Erfahrung habe ich jedenfalls gemacht."

„Ja", sagte Gloria. „Obwohl manche Jungs auch eventuell nichts gegen ein Mädchen haben, das von alleine umfällt, wenn es ein bisschen kichert und ihre Hilfe braucht, um wieder aufzustehen."

„Stimmt", sagte Beverly. „Obwohl, die Jungs, die ich mag, ja? Das sind genau die Jungs, die genau die Mädchen mögen, die nicht nur nie umfallen, sondern sich auch nur ganz selten mal bewegen. Weil sie so anmutig sind. So ein Mädchen steht vollkommen still da und sieht einfach nur sehr hübsch aus. Etwa so."

„So wie jetzt hier", sagte Gloria. „Was wir gleich tun werden."

Und beide Ronsen-Mädchen standen ganz still da und sahen irgendwie hübsch aus, wenn man solche Mädchen mag, die ganz still stehen müssen, um hübsch auszusehen.

„Warum legt ihr so viel Wert darauf, was Jungs mögen?", sagte Serena, und da hörten Beverly und Gloria sofort auf, vollkommen still zu stehen, um nach Luft zu schnappen, rot anzulaufen und ihre ziemlich großen Ohren mehrere Male mit den Fingern auf- und zuzuklappen, als gäbe es da irgendeine Blockierung, die sie daran gehindert hätte, Serena richtig zu verstehen.

„Ich lege total Wert darauf, was Jungs mögen!", sagte Beverly. „Vor allem süße Jungs."

„Ich lege sogar Wert darauf, was hässliche Jungs mögen", sagte Gloria.

„Denn wer weiß", sagte Beverly, „ein hässlicher Junge könnte sich später als süß entpuppen."

„Oder einen süßen Freund haben", sagte Gloria.

„Bob Bern zum Beispiel", sagte Gloria. „Der ist hässlich. Er hat eine ungefähr dreißig Zentimeter lange Nase. Aber rate mal, mit wem er befreundet ist?"

„Mit Bernie Bin!", sagte Beverly. „Oh Gott! Bernies Nase ist ja sowas von keine dreißig Zentimeter lang! Seine Nase ist so süß! Genau die richtige Länge."

In diesem Augenblick fing Serena ihren ersten Fisch, und er kam über den Strand geschlittert wie eine Silbermünze, die plötzlich lebendig geworden ist und versucht, einen Haken aus ihrem Mund zu kriegen.

„Puh, iihh!", sagte Gloria. „Pass doch auf! Dieses Ding an deinem Haken wäre gerade beinahe an meinen neuen Nylonstrümpfen vorbeigeglitscht!"

„Also was wir jetzt gar nicht gebrauchen können, ist Fisch-Schmodder auf unseren neuen Nylonstrümpfen", verkündete Beverly und zog Gloria vom Strand fort.

Das Angeln lief gut. Bis zehn Uhr hatte Serena genug Fische für ein prima Abendessen gefangen. Den restlichen Morgen schwamm und schlief sie. Am frühen Nachmittag schwamm sie noch eine Runde, baute eine Sandburg und träumte ein bisschen in den Tag hinein. Sie träumte von der guten alten Zeit, als ihr Vater ihre Mutter immer zum Lachen brachte, indem er sich Radieschen vor die Augen hielt. Sie träumte davon, den Romo-Jungens Ziegenanzüge anzuziehen und sie in einen Schrank voller Gapper zu sperren. Am späten Nachmittag träumte sie noch ein bisschen in den Tag hinein, schlief noch etwas, wachte auf, ging schwimmen, baute eine zweite Sandburg und kehrte dann nach Hause zurück, einen großen Gapper-Sack voller Fische hinter sich herschleifend.

✹ ✹ ✹

Gegen Mittag am nächsten Tag
gaben Bea Romos Ziegen keine Milch mehr.

„Äh, Carol?", sagte sie am selben Nachmittag über den Zaun hinweg. „Schick doch mal deine Mädchen rüber. Wir machen eine Party. Eine Milch-und-Kekse-Party. Und, Carol? Hättest du wohl Milch? Und Kekse? Für die Party? Oh, Carol, ich mache mir ja solche Sorgen. Meine Jungen sind so müde, sie singen überhaupt nicht mehr, sie schlafen die ganze Zeit auf der Koppel ein, und diese grässlichen Gapper krabbeln ihnen über die Arme, ihre Arme, mit denen sie beim Singen immer so wunderschöne Gesten gemacht haben. Ich mache mir Sorgen um ihre Gesangskarriere. Selbst ich singe weniger, solche Sorgen mache ich mir um sie."

„Es kann nicht jeder ein Sänger sein, Bea", sagte Carol. „Wir alle müssen unser Los im

Leben annehmen. Einige von uns sind Sänger, andere sind Gapper-Bürster, und ich habe den Eindruck, wenn du einfach frohgemut die Tatsache akzeptieren würdest, dass deine Jungs Gapper-Bürster sind und immer bleiben werden, Mensch, überleg doch mal, wie glücklich du dann wärst."

„Oh Carol", sagte Bea und fing an zu weinen. „Es läuft schlecht für uns."

„Das Leben ist voller Rätsel", sagte Carol.

„Aber wirklich", sagte Bea und versuchte, Carol eine Umarmung abzuluchsen. Aber Carol, die Angst hatte, unter Beas riesigem opernhaftem Gewand könnten sich ein, zwei Gapper

verstecken, tat so, als müsste sie plötzlich niesen, und wich zwei sehr große Schritte vom Zaun zurück.

„Aber zur Party kommst du doch?", sagte Bea. „Zur Milch-und-Kekse-Party? Und du bringst Milch und Kekse mit und deine Mädchen, die ihre Gapper-Bürsten mitbringen? Mensch, das wird ein Spaß!"

„Also, Bea", sagte Carol, „ehrlich gesagt klingt das eigentlich gar nicht nach besonders viel Spaß. Dass wir eure Gapper abbürsten? Wo wir selber keine haben? Und wo Gapper so eklig sind? Das soll Spaß machen? Verstehst du, was ich sagen will?"

„Na, du bist aber plötzlich eine hochnäsige Gans geworden", sagte Bea Romo.

„Eine hochnäsige Gans?", schrie Carol. „Du nennst mich eine hochnäsige Gans? Gute Güte!"

„Wer nennt wen eine hochnäsige Gans?", sagte Sid Ronsen und tauchte aus einem Busch auf, den er gerade beschnitt.

„Bea hat mich eine hochnäsige Gans genannt!", sagte Carol Ronsen.

„Ich glaube, ich muss gleich weinen", sagte Bea Romo.

„Gute Güte!", sagte Sid Ronsen. „Erst nennst du meine Frau eine hochnäsige Gans, und dann fängst du an zu weinen? Gute Güte! Da wäre ja wohl eher Carol diejenige, die weinen dürfte. Carol, komm sofort ins Haus. Ich lasse meine Frau nicht eine hochnäsige Gans nennen. Und schon gar nicht von jemandem mit so vielen Gappern. Eine Frechheit!"

Und die Ronsens gingen ins Haus.

Bea Romo blieb draußen und überlegte sich, ob sie möglicherweise gleich weinen sollte. Aber da keiner in der Nähe war außer den fünfzehnhundert Gappern, die sich in just diesem Augenblick durch ihren Zaun zwängten, beschloss sie, nicht zu weinen, sondern ging ins Haus und rief die Mannschaft aus sehr starken Männern aus Fritch an, ob sie zu ihrem Haus kommen könnten, gleich morgen als Allererstes.

✹ ✹ ✹

Als Allererstes schauten Carol und Sid Ronsen am nächsten Morgen durch ihr Schlafzimmerfenster und erblickten die Mannschaft aus sehr starken Männern aus Fritch, die ganz langsam an ihrem Haus vorbeistapften, mit weichen Knien und roten Gesichtern, und der Schweiß spritzte von ihren zitternden Armen, denn sie hatten Bea Romos Haus auf ihren Schultern.

Gleich neben dem Haus der Ronsens setzten die starken Männer das Haus der Romos ab, rieben sich den Staub von den Händen, wischten sich über die Stirn und nahmen ein dickes Bündel Geldscheine von Bea Romo entgegen.

„Also pass mal auf!", sagte Sid Ronsen. „Was tust du da, Bea? Gute Güte! Warum stellst du dein Haus auf die andere Seite unseres Hauses, auf das leere Grundstück, das leere Grundstück beim Sumpf?"

„Kümmer dich um deinen eigenen Ohrenschmalz, du hochnäsiger Pinkel", sagte Bea Romo.

„Schon wieder dieses Hochnäsig-Gerede", sagte Carol Ronsen.

„Na schön, Bea!", sagte Sid Ronsen. „Wenn du auf einem leeren Grundstück wohnen willst, wohn doch auf einem leeren Grundstück. Das ist uns doch schnurz. Aber hör auf, uns hochnäsig zu nennen!"

„Und fang bloß nicht wieder mit deinem grässlichen Gesinge an", sagte Carol Ronsen.

Es dauerte nur wenige Stunden, bis der eine weniger dumme Gapper mit dem seitlich herausguckenden Gehirn seine Gapper auf die ehemalige Koppel der Romos führte, sie ziegenlos vorfand und direkt zur Koppel der Ronsens weiterzog.

Sid Ronsen machte gerade das Mittagessen, als er das schrille Freudengekreisch hörte und sein Omelett doch tatsächlich auf den Hund fallen ließ, der es schnell fraß.

„Gute Güte!", brüllte Sid Ronsen. „Mädchen! Raus mit euch und gebürstet. Bürstet wie der Wind, Mädchen! Das ist furchtbar! Ganz schrecklich. Das ist alles Beas Schuld!"

„Du brauchst mir gar nicht die Schuld zu geben!", brüllte Bea, die in ihrem großen opernhaften Kleid am Fenster stand.

„Nimm dein Los im Leben an! Ha, ha! Ihr hochnäsigen Pinkel! Mal sehen, wie euch das gefällt. Schaut euch nur an, wie es meinen Ziegen jetzt geht."

„Gute Güte!", sagte Carol Ronsen. „Beas Ziegen sehen ja aus, als ob sie lächeln."

„Was ist mit unseren Ziegen?", sagte Sid Ronsen. „Sehen die aus, als ob sie lächeln?"

„Ich kann's nicht sagen", sagte Carol Ronsen. „Sie haben zu viele Gapper auf dem Gesicht, ich kann ihre Mäuler nicht sehen."

„Gute Güte!", sagte Sid Ronsen. „Na, wir sprechen uns noch, Bea! Was du kannst, kann ich schon lange!"

Und er rannte im Bademantel aus dem Haus und gab der Mannschaft aus sehr starken Männern aus Fritch ein dickes Bündel Geldscheine, die daraufhin, obwohl sie immer noch außer Atem waren, sein Haus am Haus der Romos vorbei bis an den Rand des Sumpfs schleppten.

Woraufhin Bea Romo die Mannschaft aus sehr starken Männern aus Fritch dafür bezahlte, dass sie ihr Haus am Haus der Ronsens vorbeischleppten, buchstäblich in den Sumpf hinein.

Woraufhin Sid Ronsen die Mannschaft aus sehr starken Männern aus Fritch dafür bezahlte, dass sie sein Haus am Haus der Romos vorbeischleppten, noch weiter in den Sumpf hinein.

So ging es weiter, bis es Nachmittag geworden war, und da standen die Häuser der Romos und Ronsens so weit im Sumpf, dass die Romos und die Ronsens nur im Trockenen waren, wenn sie auf dem First ihres jeweiligen Daches saßen, umgeben von ihren Kindern und ihren Ziegen und ein paar Haushaltsgegenständen, an denen sie besonders hingen. Außerdem waren sie alle völlig pleite.

„Macht's gut, Leute!", sagte der Anführer der Mannschaft aus sehr starken Männern aus Fritch. „Einen schönen Tag noch! Und danke für das ganze Geld!"

✺ ✺ ✺

Es dauerte nicht lange, da wurde es dunkel und kalt, und so führte Sid Ronsen seine Frau und Kinder und Ziegen vom Dach hinunter, und sie schwammen bibbernd und angeekelt durch den Sumpf, gefolgt von den wütenden bibbernden angeekelten Romos und den wütenden bibbernden angeekelten Ziegen der Romos.

In diesem Augenblick kam Serena mit ihrem

großen Gapper-Sack voller Fische vom Meer hoch.

„Was hast du denn da?", sagte Carol Ronsen. „Sind das Fische? Fische, die du tatsächlich im Meer gefangen hast?"

„Die sehen gar nicht so übel aus", sagte Bea Romo. „Eigentlich sogar ziemlich lecker. Weißt du, was dir vielleicht Spaß machen könnte? Vielleicht könntest du mir und Robert und Gilbert beibringen, wie man angelt. Und uns vielleicht, aus Spaß, weißt du, eine Angel und ein paar Würmer leihen und uns mal beibringen, wie man so angelt."

„Und vielleicht könntest du uns auch beibringen, wie man angelt", sagte Sid Ronsen.

„Und vielleicht könnten wir alle eine Zeit lang bei dir wohnen?", sagte Carol Ronsen. „Nur bis wir unsere Ziegen in Fritch verkauft haben und mit dem Geld unsere Häuser wieder aus dem Sumpf holen lassen können?"

„Ha, ha!", sagte Sid Ronsen. „Irgendwie sind unsere Häuser in dem verflixten Sumpf gelandet!"

Serena schaute ihre Nachbarn an, die zitterten und von dem Sumpf ganz vollgemoddert waren, und dachte daran, wie ihr keiner hatte helfen wollen.

Dann ging sie in ihr Haus und machte die Tür zu.

Sie machte Feuer und kochte den Fisch. Sie setzte sich mit dem Teller Fisch ans Fenster. Sie beobachtete die Romos und die Ronsens, wie sie zurück durch den Sumpf schwammen und wieder auf ihre Häuser kletterten. Sie beobachtete, wie Robert Romos Schuh in den Modder fiel. Sie beobachtete, wie Sid Ronsen dasaß, den Kopf in den Händen, vielleicht weinte er, und Carol Ronsen tröstete ihn oder so was Ähnliches, indem sie ihm auf den Rücken klopfte.

Und bald fand sie, dass es ihr gar nicht so viel Spaß machte, zu den Leuten zu gehören, die vor einem üppigen Abendessen in einem warmen Haus sitzen, während andere draußen im Dunkeln auf ihren Dächern bibbern.

Genauer gesagt, am Anfang machte es Spaß, aber dann wurde der Spaß immer weniger, bis es eigentlich gar keinen Spaß mehr machte.

„Vater", sagte sie, „ich glaube, wir kriegen bald ein bisschen Gesellschaft."

„Was um alles in der Welt?", sagte er. „Unser Haus ist so klein, und sie sind so viele. Wir haben so wenig, und sie werden so viel brauchen. Das ist eine furchtbar große Veränderung. Das macht eine Menge Extra-Arbeit."

„Ja, das ist es", sagte Serena. „Ja, das macht es."

„Und wir tun es trotzdem?", sagte er. „Jawohl", sagte sie und rief die Nachbarn herein und setzte Wasser für Tee auf, denn sie wusste, Tee würde ihnen bestimmt schmecken, nachdem

sie gerade in einem eiskalten, modderigen Sumpf herumgeschwommen waren.

Dann kochte sie noch einen Haufen mehr Fische und dachte auch daran, ein paar weiß anzumalen, für ihren Vater.

Der in diesem Augenblick etwas Verblüffendes sagte.

„Du erinnerst mich an deine Mutter", sagte er. „So großzügig, und überhaupt."

Dann tat er etwas Verblüffendes: Er aß einen nicht angemalten Fisch.

✸ ✸ ✸

Am nächsten Morgen und an jedem Morgen danach gingen also Serena und ihr Vater und die Romos und die Ronsens zum Meer hinunter und angelten.

Und das Leben wurde besser.

Nicht vollkommen, aber besser. Die Ronsen-Mädchen standen immer noch manchmal völlig bewegungslos da, um irgendwie hübsch auszusehen, die Romo-Jungens stritten sich immer noch; oft darüber, wer von ihnen ein besserer

Wurmfinder war, woraufhin sie sich darum prügelten, wer ein besserer Wurmfinder war, woraufhin sie darüber stritten, wer von ihnen beim Prügeln mehr Sand in seine Unterhose gekriegt hatte, woraufhin sie auf und ab hüpften und verglichen, wie viel Sand aus ihren Unterhosen rieselte; Frau Romo brach immer noch ab und zu in Gesang aus, was die Ronsens dazu brachte, sich die Ohren zuzuhalten, woraufhin Frau Romo nur noch lauter sang und die jammernden Ronsens am Strand verfolgte, aber im Allgemeinen waren an den meisten Tagen alle glücklicher.

Außer natürlich die Fische.

Und die Gapper.

Noch wochenlang kamen die Gapper traurig in das Städtchen und suchten nach den Ziegen.

Doch die Ziegen waren in Fritch, fett und glücklich.

Schließlich berief der weniger dumme Gapper, der eine mit dem seitlich herausguckenden Gehirn, eine Versammlung ein. Da er sah, dass es in Frip keine Ziegen mehr gab, schlug er vor, dass sie aufhören sollten, Ziegen zu lieben. Die Ziegen hätten ihre Zuneigung schließlich nie erwidert. Die Ziegen hätten sie immer als ganz selbstverständlich hingenommen. Außerdem stänken Ziegen nämlich. Was für einen Sinn es denn habe, jemanden zu lieben, der bloß immer mit seinen scharfen gelben Zähnen nach einem schnappte, sobald man einen Freudenschrei ausstieß vor Glück, ihn zu sehen? Eine Unverschämtheit sei das. Sie seien für dumm verkauft worden. Ob es da nicht, schlug er vor, viel klüger von ihnen wäre, etwas zu lieben, das sie tatsächlich zurücklieben könne, etwas Solides und Verlässliches, und nicht zuletzt etwas, das es in Frip noch gebe?

Woran er denn denke, fragten die anderen Gapper. Was es denn noch in Frip gebe, das sie zurücklieben könnte? Zäune, erwiderte der schlauere Gapper. Und dann sang er das Loblied der attraktiven und ach so verlässlichen Zäune von Frip, die, soweit er wisse, noch nie mit den Zähnen nach etwas geschnappt hätten, da sie gar keine Zähne besäßen, und die, soweit er wisse, noch nicht einmal mit ihren Toren nach etwas geschnappt hätten, sondern nur voller Würde bei jedem Wetter dastünden und sehr gelassen aufs Meer hinausschauten, als warteten sie auf etwas Wunderbares, das dem Meer entsteigen und sie bis zum Wahnsinn lieben würde.

Also stimmten die Gapper ab. Zwar gab es keine vollkommene Übereinstimmung – einer fand, sie sollten lieber zusammengeknülltes Papier lieben, ein anderer plädierte für Schildkröten, insbesondere sterbende Schildkröten, insbesondere sterbende Schildkröten, die trotz allem eine positive Haltung an den Tag legten –, doch bewunderten sie den weniger dummen Gapper immer noch sehr und vertrauten ihm, sodass sie abstimmten, von nun an bis zum Wahnsinn Zäune zu lieben.

Und so wurde Frip zu dem, was es heute ist: ein Städtchen am Meer, bekannt für seine relativ glücklichen Fischer und seine leuchtend orangefarbenen kreischenden Zäune.

ENDE

GEORGE SAUNDERS wurde 1958 geboren und wuchs in Chicago auf. Heute lehrt er im Rahmen des Creative Writing Program an der Syracuse University im Bundesstaat New York. Seine Kurzgeschichten wurden bereits dreimal in O. Henry Award Collections aufgenommen und zweimal mit dem National Magazine Award ausgezeichnet. George Saunders lebt mit seiner Frau und seinen zwei Töchtern in Rochester bei New York.

LANE SMITH wurde 1959 in Tulsa, Oklahoma geboren und ist in den USA ein „Superstar" *(BookSense.com)* unter den Kinderbuch-Illustratoren. Er hat bereits mehrere Kinderbuch-Bestseller illustriert und wurde zweimal mit dem New York Times' Best Illustrated Book of the Year Award sowie im Jahr 1993 mit dem Caldecott Honor Award ausgezeichnet.